Y

(C.)

RECHERCHES

SUR

LES AUTEURS

DANS LESQUELS

LA FONTAINE

A PU TROUVER

LES SUJETS DE SES FABLES;

PAR

M. GUILLAUME, DES ACADÉMIES DE BESANÇON ET DE DIJON.

J'en lis qui sont du Nord, et qui sont du Midi....
Mon imitation n'est point un esclavage.
LA FONTAINE, Épître à l'Évêque d'Avranches.

A BESANÇON,

De l'Imprimerie de Vᵉ. DACLIN, Imprimeur du Roi.

1822.

RECHERCHES

SUR

LES FABLES DE LA FONTAINE.

Je me suis occupé longtemps à rechercher les sources où La Fontaine a puisé les sujets de ses Fables. Cette carrière étant ouverte à tous les Littérateurs, j'ai été devancé par MM. Guillon et Solvet. L'un a publié, en 1803, *La Fontaine et tous les Fabulistes* ; l'autre, en 1812, *des Etudes sur La Fontaine*, et tous les deux font précéder chaque Fable par l'indication du type original. Il m'a fallu réduire mon manuscrit à la nomenclature des modèles échappés à ces commentateurs, après lesquels il ne me restait qu'à glaner. Parmi les auteurs que j'ai cités, il en est dont les éditions sont très-rares. J'en rapporte des extraits entiers : ils pourront plaire par l'originalité du style, et ils mettront le lecteur à même de comparer, et de voir combien l'inimitable Bonhomme efface tous ses devanciers par la naïveté, la grace et la variété de la narration.

LIVRE Ier.

La Cigale et la Fourmi.

Dᴇᴛᴛɪ et fatti piacevoli et gravi di diversi principi , filosofi et cortigiani , raccolti dal Guicciardini et ridotti a moralita. In Venetia, appresso Michele Bonibelli, 1596; in-8°, p. 220. —Gilberti Cognati narrationes, p. 9, *de Cicadarum concentu et Formicarum politiâ.* Cet ouvrage de Gilbert Cousin est fort rare, et ne se trouve pas dans l'édition in-folio. C'est un in-8° de 653 pages, imprimé à Bâle en 1567, sous ce titre : *Narrationum sylva quâ magna rerum partim à casu fortunâque , partim à divinâ humanâque mente evenientium , scitu jucundarum et utilium , varietas continetur, libri* VIII. *Autore D. Gilberto Cognato Nozereno, viro in omni litterarum genere excellentissimo. Cum Cæsareæ Majestatis gratiâ et privilegio. Basileæ, ex officinâ Henricpetrinâ, mense martio, an.* ᴍ. ᴅʟxᴠɪɪ. La Bibliothèque publique de Besançon en possède un exemplaire.

Sermones quadragesimales Joannis Gritsch, ordinis Fratrum Minorum. Lugduni, Joh. Huguetan , 1506; in-4° gothique. » In hieme » alauda venit ad formicam , petens de granis

» quæ collegerat in æstate ; et quæsivit formica
» quid alauda in æstate fecerit. Respondit quod
» cantaverat. Et dixit formica : si per æstatem
» cantasti, nunc poteris saltare quia tibi nihil
» condividam. Sic in aliâ vitâ nihil nisi de tuis
» meritis habebis quæ modo tempore gratiæ
» cumulasti. »

Serm. 10 , §. N.

Le Corbeau et le Renard.

Gilberti Cognati narrationes, p. 36, *de Corvo
et Vulpe.*

La Grenouille qui veut se faire aussi grosse que le Bœuf.

Horace, 3.me satire du 2.me livre, vers 313.
Gilberti Cognati narrationes, p. 112, *de Rana.*

Le Loup et le Chien.

Guicciardini, p. 8.

La Genisse, la Chèvre et la Brebis, en société avec le Lion.

Marie de France ; fable du Lion, du Loup
et du Renard. — Sermons latins de Robert
Messier, folio 105, colonne 2. « Fabulatur
» quod lupus et vulpes leoni se associaverunt
» in venatione, et cùm exiissent, vaccam, ovem
» et gallinam invenerunt. Tunc leo dixit lupo
» quod prædam divideret. Et lupus respon-
» dit : domine, vos estis rex noster : debetis

» habere vaccam , et ego ovem , et vulpes
» socius noster gallinam. Indignatus leo per-
» cussit lupum pede elevato , et pellem de
» capite ac si esset excoriatus detraxit. Et tunc
» dixit vulpi quod prædam divideret; cui vulpes :
» domine, justum est , quia estis rex, vaccam
» habeatis, et domina mea regina habeat ovem,
» et filii vestri leonculi habeant gallinam. Tunc
» leo ait: domine vulpes, certè optimè divi-
» distis : et qui te docuit? Et vulpes intuens
» lupum, dixit : domine, ille cui pileum rubrum
» fecistis, me docuit. »

La Besace.

Persii satira ɪᴠ, vers 23 - 24. — Gilbertus
Cognatus, p. 96, *Manticæ unicuique duæ*, et
p. 111, *de duabus Manticis.*

L'Hirondelle et les Petits Oiseaux.

Detti et fatti piacevoli del Guicciardini, p. 83.
— Gilberti Cognati narrationes, p. 113, *de
Noctuâ et cæteris Avibus.*

Le Loup et l'Agneau.

Guicciardini, p. 144.

Les Voleurs et l'Ane.

Democritus ridens , p. 264.

La Mort et le Bûcheron.

Guicciardini, p. 207. — Tombeau de la
melancholie, Paris, Hebert, in 12, p. 214. *D'un
Vieillard qui souhaittoit la mort.*

« Un Vieillard estant un jour fasché de ce
» qu'il ne pouvoit gagner sa vie qu'avecque
» grand peine et labeur, estant chargé d'un
» pesant fardeau qu'il portoit sur ses espaules,
» vint à se reposer sur le bord d'un fossé, où
» par un désespoir appelle la mort à son aide :
» laquelle s'apparut à luy à l'heure mesme,
» qui luy dit que veux-tu de moy ? es-tu las
» de vivre ? Non, dit le vieil homme, je te
» prie d'vser de charité en mon endroit, preste
» moy la main pour me recharger. Ce qu'elle
» fit : mais depuis elle le sceut bien attraper. »

L'Homme entre deux âges et ses deux
Maîtresses.

Sermones latini beati Vincentii de Valentiâ
(Saint Vincent Ferrier), serm. 3, de luxuriâ.
» Fuit quidam mercator valdè dives : et cùm
» uxor ejus esset mortua, venerunt amici et
» parentes ejus ut darent sibi uxorem. Dixit
» eis quòd nolebat. Et dixerunt ei quare ?
» Respondit : quia vel dabitis mihi uxorem
» juvenem vel antiquam. Si juvenem habeam,
» illa sperneret me cùm sim antiquus, et timeo
» quod faceret me de confrariâ sancti Cuculli.
» Si autem antiquam accipiam, ego sum anti-
» quus et calvus, et illa antiqua ; et sic unus
» non poterit juvare alium. Dixerunt amici :

» compater, non cureris quia non dabimus
» vobis uxorem antiquam sed juvenem, et si
» faciat vos de confrariâ Cucullorum, faciatis
» eam de confrariâ sancti Lucæ. Certè, dixit
» ipse; ego non curo de mulieribus. Et sic
» amici recedebant, et cum fuerunt in parte
» domûs suæ, revocavit eos dicens : audite
» quod cogitavi. — Et quid, domine? — Ego
» enim proposui accipere duas uxores, unam
» juvenem et aliam antiquam. Et si juvenis
» despiciat me, ibo ad antiquam, et sic adju-
» vabit me et dabit mihi bona consilia : et e
» contrà. Et dixerunt amici : o domine, in
» bonâ horâ debebatis vos facere rogari, et
» modo vultis duas uxores. Et dederunt ei
» duas uxores sicut conceperat. Et post modi-
» cum temporis fuit jurgium et differentia inter
» illas quia juvenis contempsit antiquam, di-
» cens : o antiqua, vade. Et volebat dominari
» dicens quod etiam erat uxor ejus. Sed anti-
» qua dicebat quod debebat dominari quia
» antiquior, et juvenis debebat sibi servire.
» E contrario alia dicebat, etc. Et fuit magnus
» rumor inter eas, et non poterant se videre,
» nec poterant videre quod ipse acciperet
» placitum cum unâ.

» Dicam quid juvenis mulier fecit. Ipsa semel
» invitavit maritum ad prandium, et facto

» prandio, et ipso inebriato, fecit ipsum re-
» clinare in gremio suo et sic obdormire : et
» ipsa abrusit sibi omnes pilos albos de barbâ
» cum pincetis. Cumque ille evigilasset, ivit
» ad visitandam aliam mulierem : quem illa
» intuens, dixit : o quid est hoc ? maritus
» meus efficitur juvenis quia jam non habet
» pilos albos in barbâ. Et cogitans dolum in-
» vitavit illum in crastinum ad prandium, quod
» acceptavit ; et ipso inebriato, pessima vetula
» fecit caput suum reclinare in gremio suo,
» et abstulit sibi omnes pilos nigros de capite
» et quod potuit cum candelâ : et caput re-
» mansit sicut corium depilatum. Et cùm evi-
» gilasset, respiciens in speculo vidit barbam
» epilatam. Et dixit : quid est hoc? Tu habuisti
» novos barbi tonsores. Et dum iret ad villam,
» amici dixerunt sibi : domine, quomodò est
» vobis de mulieribus vestris? Respondit : malè
» certè ; et credebam quod dedissetis mihi
» uxores, et dedistis mihi barbi tonsores. Ecce
» quomodò meam barbam fecerunt. Et sic
» tandem dimisit eas.

» Sic accidit finaliter tenentes concubinas
» qui non sunt contenti de suis uxoribus,
» quia uxor juvenis, id est concubina, depilat
» sibi barbam, scilicet bona temporalia petendo
» camisias, tunicas, jocalia et talia hujus modi,

» quia lenonem lena non diligit absque crumenâ,
» et nunquàm est contenta, et sic finaliter
» destruit eum. Et post venit antiqua, id est
» diabolus, et depilat barbam nigram, id est
» animam nigram et tenebrosam propter pec-
» cata, et portat secum ad infernum. Ecce
» quomodò accidit et accidet talibus. Ideò
» caveatis, et sitis contenti quilibet de uxore
» suâ. »

Le Renard et la Cigogne.

Gilbertus Cognatus, p. 23, *de Grue et Vulpe.*

Le Coq et la Perle.

Guicciardini, p. 56.

Le Chêne et le Roseau.

Sermones quadragesimales Joannis Gritsch,
ordinis Fratrum Minorum. Lugduni, Joh. Huguetan, 1506; in-4° gothique. » Inter quercum
» et arundinem orta est altercatio : quercu
» conquerente de impetu ventorum, quod cùm
» fortissima et durissima et cum mole et
» spissitudine ligni sui profondè ac latissimè
» radicata esset, tamen per ipsam radicitùs
» evulsa et insuper ex medio fracta, necnon
» in terrâ projectâ : et ipsa arundinem interro-
» gans, dixit : o arundo quæ adeò debilis et
» parva es, qualiter ventos tam validos illæsa

» et integra effugisti?Respondisse fertur arundo
» et dixisse : tu, inquit, o quercu, superba
» eras, et duritiâ et inflexibilitate tuâ resistere
» volens vento fortiori, ipsumque super te
» transire non sinens, violenter humiliata et
» incurvata meritò fracta es. Ego verò cum
» vento cedens ad omnem ventum me humilio,
» et absque ullâ rebellione vel resistentiâ super
» me illum transire sino, ideò à nullo lædor :
» à nullo aliquid patior. Et quidquid passa es,
» rigor tuus, et inflexibilitas, atque superbia
» fecerunt tibi.

» Sic etiam se humilians in omnibus, ventum
» iræ Dei vel hominis potest subterfugere,
» ubi superbus dejicitur vel eradicatur. »

Serm. 2. §. J.

LIVRE II.
Conseil tenu par les Rats.

Scelta di facezie del Piovano Arlotto ed altri autori. Venezia, 1594; fol. 45 recto. —Domenichi facetie, p. 191. — Apologi Phædrii ex ludicris J. Regnerii Belnensis doctoris medici. Divione, Palliot, 1643 ; in-12, part. 1, fab. 1, *Mures et Felis.*

La Chauve-Souris et les deux Belettes.

Sermons latins de Robert Messier, édition de Paris, Claude Chevallon, 1524; in-8°, fol.

68 verso. « Vespertiliones sunt vilissimæ bestiæ
» de quibus nescitur an sint gressibilia an
» volatilia. De Vespertilione narratur quod
» cùm esset discordia inter quadrupedia et
» volatilia, ad bellandum se congregaverunt.
» Sed vespertilio se absentavit cogitans quod
» non intraret bellum, sed completo bello vi-
» deret qui obtineret, cum quo maneret finito
» bello. Multis ibi ex utrâque parte mortuis et
» vulneratis, occurrerunt illi quadrupedia, di-
» centia : capite et occidite inimicum nostrum.
» Repondit illa : et quid dicitis, amici ! ego
» sum de parte vestrâ. Et ostendit quatuor
» pedes, et sic evasit. Similiter et avibus ob-
» viantibus, eisdem ostendit alas suas, et sic
» evasit.

  » Sic tales quandoque sunt cum prelatis
» et religiosis, et ibi faciunt magdalenam : et
» quandoque cùm mundanis conversantur, et
» tunc mundani sunt. »

   L'Oiseau blessé d'une flèche.
 Gilbertus Cognatus, p. 12, de Caprâ.

   La Colombe et la Fourmi.
 Gilbertus Cognatus, p. 106, de Columbâ
Formicæ beneficio vicissim servatâ.

L'Astrologue qui se laisse tomber dans un Puits.
 Guicciardini, p. 48. — Gilbertus Cognatus,

p. 83, *Astrologus et Anus.*—Le chasse-ennui, 3me centurie, n° 38.

Le Coq et le Renard.

Sermones convivales, édition de Bâle, 1561, tome 1, p. 121.—Apologi Phædrii ex ludicris J. Regnerii, part. 2, fab. 32. *Gallus et Vulpes.*

La Chatte métamorphosée en femme.

Gilbertus Cognatus, p. 18, *de Fele.*—Guicciardini, p. 224.

LIVRE III.

Le Meunier, son Fils et l'Ane.

Le livre des loups ravissans, ou autrement doctrinal moral, par Robert Gobin. Paris, Antoine Verard, in-4° gothique.

» Et est le monde si adonné à mal parler
» que on ne s'en sçauroit garder. Nous lisons
» que il y avoit ung ancien homme qui avoit
» ung petit filz. Ce bon homme chevauchoit
» ung asne : et son filz alloit à pie. Advint
» que plusieurs les rencontroient et disoient
» ce bon homme n'est pas saige, car il va sur
» son asne et laisse aller ce poure enfant à
» pie qui est jeune et tendre. Lors le vieillart
» descendit et fist aller le petit enfant sur
» lasne et alla à pie. Lors ceux qui passoient
» disoient ce bon homme ancien n'est pas
» saige qui va à pie et son filz à cheval. Adonc

» monterent tous deux sur lasne et tous les
» passans disoient qu'ils tuoient ce poure asne.
» Lors descendirent tous deux : et les gens
» disoient ce bon homme et son filz son sotz
» qu'ilz ne montent lung ou laustre sur lasne.
» Lors ils prindrent lasne et le porterent. Et
» a donc dirent les gens ceux la sont abusez
» qui portent lasne qui les dait porter. Lors
» dit le vieillart à son filz, regarde filz désor-
» mais comment nous nous pourons gouverner
» car le monde parle et détracte toujours de
» nous. Et ne nous chaille mais faisons tou-
» jours ce qui est bon de faire. »

Contes et discours d'Eutrapel, édition de
Rennes, 1597, in-8°, fol 151. — Barelette,
sermon du samedi de la première semaine du
carême, édition de 1516, fol. 56, et édition
de Paris, 1521, in-8°, fol. 44 verso, in fine.

» In vitis patrum legitur quod quidam senior
» de patribus equitabat asinum suum, filius
» que suus parvus pedester sequebatur : ob-
» viantes ei quidam dixerunt ad invicem : iste
» senex equitat et facit puerum pedestrem ire.
» Descendens fecit puerum ire super asinum.
» Obviantes alii dixerunt : o quàm fatuus est
» homo ! Vadit pedester et juvenis equester
» cum sit fortior eo. Tunc ascenderunt ambo
» super asinum. Obviantes alii dixerunt : fatui

sunt

» sunt hi quia asinum interficiunt ambo. Tunc
» descenderunt et nullus eorum equitavit. Ob-
» viant alii dicentes : fatuitas maxima istorum
» qui ducunt asinum vacuum. Tunc ambo
» portaverunt asinum. Obviaverunt quidam
» dicentes : o quàm fatui sunt isti qui asinum
» portant ! Tunc ait filio senex : fili mi, qua-
» litercunque nos habeamus, homines oblo-
» quuntur semper ; non est curandum de verbis
» garrulorum ; faciamus debitum nostrum.
» Loquantur qui velint, quod non possumus
» linguam ligare. »

Les Membres et l'Estomach.

Gilbertus Cognatus, p. 73, *de corporis hu-*
mani Membris adversùs Stomachum conspi-
rantibus. — Guicciardini, p. 20. — Filosofia
morale del Doni, tratta da molti antichi scrittori. In Trento, per Giovan Battista Gelmini
da Sabbio, 1594, in-8°, fol. 20. — Apologi
Phædrii ex ludicris J. Regnerii, part. 2, fab. 4,
Venter et aliæ corporis partes.

Les Grenouilles qui demandent un Roi.

Gilbertus Cognatus, p. 41, *de Ranis et*
earum Rege Ciconid.

La Goutte et l'Araignée.

Contes et discours d'Eutrapel ; Rennes, 1597,
in-8°, 5me discours, p. 32. — Domenichi fa-

2

cetie : Venetia, Farri; 1581, in-8°, libro 4, p.
205.—Convivales sermones, tome 1, p. 224.

Le Loup et la Cigogne.

Gilbertus Cognatus, p. 68, *de Grue et Lupo.*
— Detti et fatti piacevoli raccolti del Guicciardini, p. 47.

Le Renard et les Raisins.

Gilbertus Cognatus, p. 40, *de Vulpe quâdam.*

Les Loups et les Brebis.

Sermones quadragesimales Joannis Gritsch.
» Habetur in quâdam historiâ Alexandri Mag-
» ni qui dum orbem occuparet et venisset
» Athenas , ubi philosophi præsidebant, et
» eamdem obsideret. Interrogatus Alexander
» quare sic pacem eorum perturbaret, dixit
» eum pacem habere velle si quatuor philoso-
» phos sibi traderent. Cui unus prudentium
» per fabulam respondit, quomodo controver-
» sia inter lupum et pastorem exorta est.
» Conquerente pastore de lupo quare eum
» infestaret et oves raperet, ait lupus canem
» esse in culpâ ; quod si canem sibi daret, de
» cætero pacem promitteret. Qui lupo datus
» est. Et custode derelicto, posteà sine impe-
» dimento oves lupus invasit, et graviora damna
» prioribus intulit. »

» Sic sapientes litterati diligendi sunt quia
» in eis latet salus et pax, nec pro quocunque
» commodo relinquendi, quia latrant contrà
» lupos et falsos et iniquos : qui si relicti
» fuerint, pax et salus perit. »

Serm. 40, §. T.

Gilbertus Cognatus, p. 15, *de Canibus,*
Lupis et Ovibus.—Guicciardini, p. 77.—Apologi Phædrii J. Regnerii, part. 1, fab. 4.

La Femme noyée.

Facezie del Piov. Arlotto ed altri autori.
Venezia, 1594, fol. 70 recto.—Facetie del
Domenichi, lib. 1, p. 57.—La lecture divertissante, p. 34, *d'un homme qui* « *cherchoit*
» *contre le cours de l'eau, sa femme noyée.*»

La Belette entrée dans un grenier.

Guicciardini, p. 33.

LIVRE IV.

Le Lion amoureux.

Gilbertus Cognatus, p. 108, *de Leone ada-*
mante Puellam.

La Mouche et la Fourmi.

Guicciardini, p. 100.—Morlini fabulæ, fab.
17, *de Muscâ et Formicâ.*

L'Ane et le petit Chien.

Gesta Romanorum cum applicationibus mo-

2 *

ralisatis ac misticis. Parisiis, Regnault, 1494,
petit in-8°, gothique, cap. 79, fol. 62 verso.
« Erat quidam rex qui miro modo parvos ca-
» niculos dilexerat die ac nocte latrantes benè,
» in tantum quod in gremio suo eos quiescere
» permisit, et ibidem pavit. Illi verò sic con-
» sueverunt in gremio ejus dormire et come-
» dere quod vix alibi esse volebant; et quando-
» que circà collum regis pedes ponebant. Et
» sic rex solatium magnum et ludum cum eis
» habebat. Erat tunc quidam asinus qui cùm
» omnia ista vidisset, in corde suo cogitabat:
» si ego cantarem et antè regem saltarem et
» circà collum domini pedes ponerem, rex
» daret mihi omnia fercula ad comedendum
» et gremium suum ad quiescendum. His co-
» gitatis extrà stabulum saltavit, aulam intra-
» vit et coràm regem cantare cœpit. Deindè
» hinc indè saltavit, et post hoc ad regem
» cucurrit, et pedes circà collum ejus posuit.
» Servi hoc videntes credebant asinum in
» furiam conversum; acceperunt eum, et
» egregiè verberârunt, et sic ad stabulum
» reduxerunt. »

Le Singe et le Dauphin.

Guicciardini, p. 19.

Le Geai paré des plumes du Paon.

Gilbertus Cognatus, p. 16, de Monedulâ
et Corniculâ.

La Grenouille et le Rat.

Gilbertus Cognatus, p. 77, *de Ranarum et Murium certamine.*

Tribut envoyé par les Animaux à Alexandre.

Gilbertus Cognatus, p. 98, *de Jovis Ammonis Oraculo.*

» Divulgata per orbem erat fama oraculi
» quod ab Jove Ammone prodierat, Alexan-
» drum Macedonem brevi ad se venturum,
» quem filium esse confitebatur suum : sollici-
» tari hinc ad obsequium terræ reges principes
» que, ut sibi conciliarent inter se certare mu-
» neribus. Præcipuè Ptolomæus, Ægypti rex,
» dei sui filium veneraturus magnam pecuniæ
» vim parat, quantùm se vectigalis unâ die ex
» Nili ostiis et Memphiticæ urbis portoriis
» collegisset. Erant verò cujusque generis pe-
» cuniæ ex rebus omnibus hinc indè collatæ
» ad aliquot talentorum millia : id totum sine
» delectu Xenii nomine ad Alexandrum deferri
» curat. Obtulerunt spontè veterinam operam
» mulus, equus, asinus et camelus, qui pe-
» cuniam cum fide convectandam suscepere.
» Hi vix biduum à Memphi progressi, facti
» sunt obviam leoni, qui et ipse intellecto
» Herculis cultu quem Macedo suscepisset,
» dum rebus studet suis, regem salutaturus

» in Macedoniam tendebat. Datâ itaquè et
» acceptâ hinc indè salute, cùm destinatum,
» ut fit, omnes iter enarrassent, adsciscitur
» comes leo quasi custos atque præsidium ad-
» versùs látrocinantes affuturus. Hic de pe-
» cuniis certior factus, habere dixit se quoque
» certam drachmarum summam quas pro com-
» meatu ferret, sed esse illas sibi plurimùm
» incommodas, quòd oneribus gestandis ne-
» quaquàm assùetus esset. Rogat itaquè oneris
» additamentum leve singulis futurum inter se
» dipartitum suscipiant, magni hoc beneficii
» loco habiturus. Obsequuntur illi officiosissi-
» mè, ac paucas admodùm illas leonis drach-
» mas inter se divisas in sacculos quisque suos
» admiscent, iterque mox continuunt suum.

   « Venerant in pingues Asiæ campos, cùm
» leo, armentorum multitudine conspectâ, dies
» aliquot ibi commorari è re suâ fore designa-
» vit, simulatâque lassitudine, aliquot dierum
» quiete sibi opus necesse dixit, quasque de-
» posuerat pecunias reposcit. Illi adapertis
» confestim sacculis, ipsum quæ sua essent
» sibi desumere licere inquiunt. Leo cùm
» plerasque alias magno numero drachmas
» eâdem notâ signatas in unoquoque sacculo
» conspexisset, læto magnoque rugitu edito,
» drachmæ, inquit, meæ multas admodùm

» drachmas singulæ pepepere. Atque mox
» quotquot erant suis similes abstulit pro suis. »

En comparant les deux fables, on ne peut
pas douter que La Fontaine n'ait eu sous les
yeux celle de Gilbert Cousin. Il l'a suivie dans
les moindres détails, et n'y a rien ajouté. Il
ne l'a embellie que des grâces inimitables de
son style. Celui de Gilbert est sec et décharné.
Par exemple, il se borne à dire : *venerant in*
pingues Asiæ campos. La Fontaine présente
une description riante et animée de ces fer-
tiles campagnes.

  » Ils arrivèrent dans un pré,
» Tout bordé de ruisseaux, de fleurs tout diapré,
   » Où maint mouton cherchait sa vie,
   » Séjour du frais, véritable patrie
   » Des Zéphirs. »

Le Cheval s'étant voulu venger du Cerf.

Filosofia morale del Doni, fol. 20.—Gilbertus Cognatus, p. 28, *de Equo admisso freno*
Cervum profligante.

   Le Renard et le Buste.

Gilbertus Cognatus , p. 42, *de Vulpe et*
Statuâ.

   L'Oracle et l'Impie.

Gilbertus Cognatus, p. 115, *de maligno*
quodam Delphicum Oraculum fallere volente.

L'Avare qui a perdu son Trésor.

Guicciardini, p. 160.

L'Œil du Maître.

Guicciardini, p. 197.

L'Alouette et ses Petits, avec le Maître d'un champ.

Democritus ridens, p. 363.

LIVRE V.

Le Bûcheron et Mercure.

Gilbertus Cognatus, p. 70, *de Ligario et Mercurio.*

Le Pot de terre et le Pot de fer.

Contes et discours d'Eutrapel, 2me discours, fôl. 17 verso.

Le petit Poisson et le Pêcheur.

Guicciardini, p. 73.

Le Satyre et le Passant.

Avianus, fabula 29.

La Fortune et le Jeune Enfant.

Guicciardini, p. 2.

L'Ane portant des Reliques.

Gilbertus Cognatus, p. 115, *Asinus gestans simulachrum.*— Apologi Phædrii ex ludicris J. Regnerii, part. 2, fab. 36.

« *Asinus, Isidis et Agaso.* »

» Ut est asellus incapax mentis bonæ,
» Cùm ferret agris Isidem ex Memphiticis
» Quiritum in urbem, per vias multos videns
» Genu verendam flexo adorantes Deam,
» Stolidè autumabat non Deam sed se coli,
» Et restitantem sæpè se cunctis dabat
» Quos fortè habebat obvios, plaudens sibi,
» Suamque mirè gestiens intrà cutem.
» Dumque hoc ineptus atque ridiculus facit,
» Tædetque mystas, ac Agasonis morâ
» Post terga crebro verbere excussus fuit,
» Mentique nullis redditus plagis, dolens
» Dicebat : antè quod quidem video placet;
» Sed ponè quod fit displicet valdè mihi.
» Agaso cædens ac ei illudens dixit :
» Sic temperare Dii bona ærumnis solent.

» Coràm coluntur qui vacant Bardi sacris,
» Postica verò sanna iis multùm nocet. »

    Le Lion s'en allant en guerre.
Guicciardini, p. 186.

    L'Ours et ses deux Compagnons.
Commines, livre 4, ch. 3. — Scelta di facezie del Piovano Arlotto, fol. 82.—Domenichi facetie, libro 5, p. 304.—Democritus
ridens, p. 257 et 385.

LIVRE VI.
Le Pâtre et le Lion.
La Lecture divertissante, ou Recueil d'his-

toires, bons mots et discours plaisans, choisis
pour la récréation des ames vertueuses, et
pour réjouir les plus mélancholiques. Imprimé
dans la belle saison par Jacques Le Gaillard;
(Paris, 1657), petit in-8°, p. 15, *du Vœu
d'un Berger.*

Le Lion et le Chasseur.

Guicciardini, p. 1. — Gilbertus Cognatus,
p. 22, *de Venatore Leonis vestigia quærente.*

Phébus et Borée.

Gilbertus Cognatus, p. 117, *de Sole et Aqui-
lone.*

Le Cochet, le Chat et le Souriceau.

Morlini fabula 13, *de parvis Muribus, Gallo,
Cane et Fele.*—Barelette, sermon du jeudi de
la seconde semaine du carême. » Facetia de
» incessu cum collo torto. Fuerunt in foveâ
» pulli murium, qui antequàm exirent, à patre
» et à matre fuerunt edocti quod, si quandò
» exire vellent de foveâ et aliquid viderent,
» patri et matri primò nuntiarent. Unâ dierum
» viderunt gallum. Aïunt patri : vidimus ani-
» mal cum coronâ in capite, cum calcaribus
» ad pedes. — Non timeatis, ait, quia est
» socialis et vobiscum comedet. Aliâ vice vi-
» derunt animal quasi mortuum in terrâ cum
» capite inclinato. Aïunt patri : vidimus sic et

» sic. — O videatis benè, est noster inimicus ;
» ille est catus. Ad propositum de hypocri-
» tarum capitibus tortis abstinendum est. »

Edition de Paris, 1521, in-8°, fol. 60 recto.

Le Mulet se vantant de sa généalogie.

Gilbertus Cognatus, p. 58, *de Asino querulo.*

Le Lièvre et la Tortue.

Gilbertus Cognatus, p. 14, *de Limace cum
Lepore de curru certante.*—Sermons de Haque-
ville, 1530, in-8°, serm. 13, fol. 35. » Ali-
» quandò velociùs currit et pervenit claudus
» ad terminum quàm rectus. Undè exemplum
» est de vulpe et cancro. Vulpes irridebat
» cancrum quia tardè incedebat et retrogra-
» diebatur, et fecerunt vadiationem inter se
» quia vadiavit cancer quod perveniret citiùs
» ad terminum quem sibi præfixerunt quàm
» vulpes. Et tunc cancer adhæsit caudæ vulpis ;
» et cùm appropinquasset vulpes ad signum
» quia credebat cancrum valdè remotum et
» longè ab ipsâ, cogitavit quod retrò aspi-
» ceret et videret qualiter cancer veniret ; et
» cùm verteret se, cauda fuit propè signum,
» et cancer ad terram cecidit et fuit ad signum.
» Et vocavit vulpem dicens : ego jam veni
» ad signum et tu nondùm venisti : ego lu-
» cratus sum.

» Sic et quod aliqui peccatores adhærent
» alieni sapienti accipiendo bonum exemplum
» ab eo vel abbati vel priori : et ponunt se
» in caudâ quia se reputant humiles et vi-
» liores quia cauda est in viliori parte ani-
» malis. »

L'Ane et ses Maîtres.

Gilbertus Cognatus, p. 58, *de Asino querulo.*

Le Villageois et le Serpent.

Le Castoiement d'un père à son fils, conte 4,
de l'Homme et du Serpent. — Gilbertus Cognatus, p. 42, *de Rustico et Colubro.*—Sermones quadragesimales Joannis Gritsch. » Cùm
» quidam imperator post meridiem ad venan-
» dum equitabat, accidit, dum transiret, in-
» venit quemdam serpentem à pastoribus cap-
» tum et ad arborem alligatum. Serpens verò
» horribiliter clamabat. Imperator pietate mo-
» tus solvit eum et in sinu posuit ut eum ca-
» lefaceret. Cum esset calefactus, incepit im-
» peratorem mordere et venenum suum pro-
» jicere. Ait imperator : quid facis? cur malum
» pro bono reddis? Data est vox serpenti et
» ait : quod natura dedit tollere nemo potest.
» Tu fecisti quod in te fuit, ego verò secundùm
» naturam meam feci. Semper ero inimicus
» homini quia propter hominem sum punitus.

» Illis autem contendentibus vocatus est
» quidam philosophus ut inter eos esset judex.
» Ait philosophus : ista audio per auditum ;
» ideò de hâc contentione nolo inter vos ju-
» dicare ; sed volo ut serpens ligetur ad ar-
» borem et dominus imperator sit liber, et
» tunc judicabo pro utrâque parte. Et sic
» factum est. Tunc ait philosophus serpenti :
» jam es ligatus, solve teipsum si potes et
» recedas. Ait serpens : non possum. Et phi-
» losophus : morieris igitur quia semper in-
» gratus homini fuisti. Et ait imperatori : do-
» mine, jam liber es : venenum de sinu tuo
» excutias, et amodò de tali fatuitate non te
» intromittas, quia serpens nihil poterit aliud
» facere nisi quod natura dedit. »

Serm. 15, §. R.

Le Lion malade et le Renard.
Detti et fatti raccolti dal Guicciardini, p. 228.
— Gilbertus Cognatus , *de Vulpe et Leone
ægrotante* , p. 21.

L'Oiseleur , l'Autour et l'Alouette.
Guicciardini, p. 127.

Le Cheval et l'Ane.
Gilbertus Cognatus, p. 11 , *de Bove et Camelo.*

Le Chien qui lâche sa proie pour l'ombre.
Gilbertus Cognatus, p. 19, *de Cane carnes
ferente.*

Le Charretier embourbé.

Gilbertus Cognatus, p. 37, *de Agasone.*—
Guicciardini, p. 107. La moralité de cette fable,

» Aide-toi, le Ciel t'aidera, »

est la traduction de celle de Guicciardini,
aiuta ti, ed alhora t'aiutero io. Elle rappelle
ce passage de Salluste : « Non votis neque sup-
» pliciis muliebribus auxilia Deorum parantur;
» vigilando, agendo, benè consulendo, pros-
» perè omnia cedunt. Ubi socordiæ tete atque
» ignaviæ tradideris, nequicquàm Deos im-
» plores : irati infestique sunt.

Bellum Catilinarium, 52.

Le Charlatan.

Democritus ridens, p. 49. — Guicciardini,
p. 21.—Contes et devis de Desperiers, nouvelle 98.—Tombeau de la melancholie, Paris,
Hébert, in-12, p. 274.

» Gentille invention d'un gentilhomme fran-
» çois pour sauver sa vie.

» Antoine Marin, gentilhomme françois
» estant condamné à la mort pour quelque
» homicide qu'il avoit commis en Turquie,
» il y rémédia avec un fort soudain conseil,
» disant qu'il feroit une chose dont la mer-
» veille ne seroit pas désagréable au Grand
» Seigneur, s'il lui vouloit sauver la vie, c'est

» qu'il enseigneroit à parler à un éléphant qu'il
» avoit. Ce qu'ayant entendu le Grand Seigneur
» dit qu'il estoit content s'il faisoit cela , mais s'il
» n'en venoit à bout qu'il s'attendist de recevoir
» une plus cruelle mort. Ce qui fut accordé
» entr'eux. Marin demanda un grand temps
» pour ce faire. Enfin on luy accorda dix ans.
» Mais comme ses amis luy dirent qu'il estoit
» impossible de pouvoir apprendre à parler
» à un éléphant, il leur respondit : ne vous
» souciez de cela, mes amis : car il est im-
» possible qu'en ce temps, ou le Grand Seigneur,
» ou moy, ou l'éléphant ne meure. Ce qui
» arriva au bout de quelques six années par
» la mort de l'éléphant, et par ainsi il sauva
» sa vie. »

La Jeune Veuve.

Guicciardini, p. 229.

LIVRE VII.

Les Animaux malades de la peste.

Sermons de Barelette, feriâ 6, hebdomadâ ɪ
quadrag., fol. 56, édition de Lyon, 15ɪ6, et
fol. 45 de l'édition de Paris, 152ɪ, in-8°.
» Robertus Olchot super sapientiam dicit quod
» suspiciosus assimilatur lupo ; et dicit quod
» leo rex animalium capitulum fecit undè

» aderant animalia. Venit cata dicens culpam
» suam : pater, dico culpam meam quia sæpè
» comedi de ollâ dominæ meæ. Respondit leo:
» benè fecisti. Quid peccavit cata, etc. Venit
» canis : pater, comedi morcellum panis do-
» mini mei et aliquandò carnem portanti abs-
» tuli : sed pœnitentiam egi quia me percussit.
» Respondit leo : satis est. Venit gallina : do-
» mine mi, sæpè ivi in horto vestro : ex hoc
» domina mea clamabat : vadatis in nomine
» diaboli ; sed pœnitentiam egi quia collum
» abstraxit. Venit lupus. O pater , comedi
» asinum pauperis, sed hoc egi quia magnâ
» esurie afficiebar. Respondit leo : est tibi na-
» turale ; et philosophus II Ethi. *In natura-*
» *libus neque meremur neque demeremur.*
» Venit asinus : O pater , sæpè comedi mo-
» dicum feni quandò currus veniebat in cas-
» trum. Clamavit leo : percutiatur. Et sic ab
» omnibus fuit flagellatus : nam cribella facit
» et tympana pellis aselli. Undè quidam dixit :
» hui , inique judex, lupus de magnis pec-
» catis justificatur, et asinus innocens de mi-
» nimis condemnatur.

   » Ad propositum ita facit suspiciosus. De
» magnis peccatis suis se justificat , et suum
» proximum acriter condemnat. O perversitas
» mortalium ! »

Voyez

Voyez aussi Straparole, nuit 13, fable 1,
et Bebelii facetiæ, libro 2. Tubingæ, 1561,
in-8°.

La Fille.

Martialis Epigrammata, libr. 5, Epigr. 17.

La Laitière et le Pot au lait.

Filosofia morale del Doni, fol. 140, édition
de Trente, 1594, in-8°. — Facetie del Domenichi, libr. 5, p. 285, in Venetia, Farri, 1581,
in-8°. — Apologi Phædrii ex ludicris J. Regnerii, part. 1, fab. 25.

>> *Quel esprit ne bat la campagne ?* >>
>> *Qui ne fait châteaux en Espagne ?*

Regnier avait dit dans sa 19me satire :

>> Estant donc en mon lit malade,
>> Les yeux creux et la bouche fade,
>> Le teint jaune comme un espy,
>> Et non pas l'esprit assoupy
>> Qui dans ses caprices s'égaye,
>> Et souvent se donne la baye,
>> Se feignant pour passer le temps,
>> Avoir cent mille escus contans,
>> Avec cela large campagne;
>> Je fais des châteaux en Espagne,
>> J'entreprens partis sur partis. >>

C'est la même naïveté; mais l'enjouement et
les grâces du style de La Fontaine le rendent
bien supérieur à son modèle.

3

Le Curé et le Mort.

Lettres de madame de Sévigné, du 26 février et du 9 mars 1672. La Fontaine peut avoir connu, non pas ces lettres de madame de Sévigné, mais l'anecdote qu'elles renferment, et dans laquelle il a pu prendre l'idée de cette fable.

Le Chat, la Belette et le Petit Lapin.

Filosofia morale del Doni, tratta da molti antichi scrittori: in Trento, per Giovan Battista Gelmini da Sabbio, 1594, in-8°, fol. 121.
» Un bellissimo alberaccio aveva una bella tana
» nelle radici, e quella s'haveva fatta un bel
» topo delicato e giovanetto. Soleva questo topo
» andar se ne a spasso le belle giornate intere.
» Ma una volta essendo a un bisogno in frega
» egli stette da cinque o sei giorni senza dar
» volta a casa. In questo tempo capitò un
» leprettino a quella buca e vi si ficcò dentro.
» Eccoti poco dipoi il topo, e trovato si oc-
» cupata la stanza, si maravigliò assai, e gli
» disse : sorella, questa tana e mia ; l'ho
» fatt'io, e molto tempo e che io ne son pos-
» sessore. Non so che cagione ti ha mossa a
» venire ad occupar me la ; però ti prego a
» render me la e non me la voler usurpare,
» che non ista bene con violenza occupare a
» questo modo quel d'altri.

» Rispose la lepre alhora : tu mi pari al-
» quanto prosontuosetto, caro sirocchio, a
» vuoler cacciar mi di quel luogo che io ho
» pacificamente posseduto buona pezza. Tu
» hai preso errore che la casa sia tua ; tu debbi
» sognare, messer lo topetto, che l'e mia ; e
» senza l'autorita o forza del giudice non si
» lascia l'acquistato o sia per forza o per amore.

» Replicò il topo : io ti darò testimoni come
» ella e mia. Non, disse il leprettino ; vieni
» a giurar lo dinanzi a persona di fede, e
» dirai la tua ragione ; alhora io son contento
» di render ti la tua buca.

» Il topo fu contento, e disse : andiamo,
» sorella, qui presto a un romitorio dove un
» gattone se fatte mezzo beato, e ha rinun-
» ziato alle pompe e alla vanita del mondo,
» il qual buon peccatore si sta giorno e notte
» in continua contemplazione e santita. Non
» ammazza piu alcuno, ma afflige la sua carne
» con astinenze e discipline, solamente pas-
» cendo herba. Se ti par che noi andiamo
» dalla sua riverenza, e far giudicare a lui
» chi e di noi possessore, fa tu.

» La sara ben fatta, disse la leprettina non
» meno sciocca chel topo e semplice.

» Come il gatto seppe che un topo e un
» leprettino venivano alla sua santita per ac-

3 *

» cordarsi, disse fra se medesimo s'io non
» v'accordo non vaglia. E s'acconcio come in
» uno inginocchiatoio con le sue zampe in cor-
» tesia ripiegate, e ordinata tutta la vita come
» in contemplatione, abassando il muso come
» persona molto divota e afflitta d'all'astinenza
» e dalle discipline domata. Giunsero li sci-
» occhi bestioli dinanzi al gattone, e si mara-
» vigliorono di tanta santita e mansuetudine.
» Poi lo salutarono con gran riverenza, pre-
» gando lo che pigliasse questo assunto d'ac-
» cordare una lor differenza.

» Egli li ricevette con quella benignita che
» mostravano i suoi gesti, e disse loro : la pro-
» fession mia non era gia di occupar mi in
» giuditii ne entrare nelle differenze del mondo
» alle quali tempo fa ho rinunziato in tutto
» e per tutto (1). Pur per cavar vi di trava-
» glio e ridur vi in pace della quale ne godano
» i supremi scanni, io piglierò questo peso per
» questa sola volta, e ho speranza che voi non
» vi partirete da questo santo luogo che io di
» tal sorte vi porrò in quiete, che mai piu
» verrete alle mani. Hora dite mi la cagione
» della vostra discordia protestando vi che

(1) » Mes amis, dit le solitaire,
» Les choses d'ici bas ne me regardent plus. »
Le Rat retiré du monde.

» per conto alcuno voi non ci mescoliate bugie
» nel dire i fatti vostri, perche il giuditio non
» potrebbe esser ne buono ne perfetto; e an-
» chora che uno debba perder la causa, non
» resti per questo in conto alcuno di non dir
» la verita; che la bugia al fine si scuopre.
» E questo mondo tristo si ride d'haver ci in-
» gannati; ne di questo viver nostro si cava
» altro che le buone opere con le quali non
» si puo comparar tesoro alcuno per grande
» che egli sia. Per tanto, i miei figliuoli, ac-
» costate vi a me primamente, perche io
» voglio toccar vi la mano in carita e baciar
» vi d'amore santo e buono, che so che tor-
» nerete d'accordo alla vostra tana.

    » I meschini ingannati da gli atti esteriori
» e dalle buone parole, non pensarono che
» gli albergasse mai sotto quella pelle hu-
» mile tanta malignita, malitia e falsita. E si
» accostaron al gattone, e humilmente por-
» geron si uno per baciar li la mano e l'altro
» la bocca. Quando egli prestamente ciuffando
» l'uno con i rabbiosi denti e l'altro con le
» velenate ugna ritenne e uccise. »

On ne peut douter que La Fontaine n'ait
connu cette fable, et qu'il n'ait pris dans les
débats entre le lièvre qui s'empare du trou du
rat et celui-ci qui offre de prouver par témoins

son ancienne possession, l'idée des plaidoyers de la Belette et du petit Lapin.

Mais combien La Fontaine est supérieur à son modèle !

» Sous ses heureuses mains le cuivre devient or.

Il ne s'agit, dans la fable du Doni, que d'un trou à rat : on ne sait où ce rat est allé depuis cinq à six jours, quand le levraut s'empare de ce gite; le rat ne fait valoir d'autre titre que sa possession dont il offre la preuve testimoniale. La riante imagination de La Fontaine nous présente comme sujet de la dispute, *le palais d'un jeune lapin.* La belette s'en empare tandis que celui-ci

> » Est allé faire à l'aurore sa cour
> » Parmi le thym et la rosée. »

Le propriétaire dépossédé invoque les Dieux hospitaliers; il allègue la coutume et l'usage, et les droits de propriété que ses pères lui ont transmis. Je regrette seulement que La Fontaine, en peignant l'hypocrisie du chat, n'ait pas fait usage d'un mot que la situation rend comique. Dans la fable italienne le juge, tout en s'apprêtant à croquer les deux plaideurs, leur recommande de ne dire aucun mensonge en plaidant; quand même la vérité devrait faire perdre sa cause à celui qui ne

s'en écarterait pas. Je regrette aussi que La
Fontaine ait négligé ce vers :

» Approchez; je suis sourd; les ans en sont
la cause. »

Ans en sont, n'est pas harmonieux. Il était
facile de dire : *la vieillesse en est cause.*

La Tête et la Queue du Serpent.

Gilbertus Cognatus, p. 57, *de Serpente.*

LIVRE VIII.

La Mort et le Mourant.

Guicciardini, p. 155. « Rinaldo Tornaquinci
» essendo come molto vecchio che egli era,
» affrontato dalla morte, la pregava che ella
» volesse alquanto differire, almeno insino a
» tanto ch'egli facesse testamento, e ch'egli le
» cose necessarie a viaggio di tanta impor-
» tanza preparasse. A cui la morte rispose :
» perche non sei tu preparato insino ad hora,
» havendo te ne io si spesso ammoniato ? E
» dicendo egli che non l'havea piu mai vista,
» la morte soggiunse : come non ti ammoniva
» io assai quando che io non solamente rapiva
» i giovani, fanciulli e bambini ! Quando tu
» ti sentivi continuamente mancare il vedere,
» diminuir l'udire, e gli altri sensi indebolire,
» e le forze del corpo consumare, per tua fe

» non ti pareva che io ti fossi propinqua?
» Veramente che tu non ti puoi scusar d'ig-
» noranza, e per tanto non si puo piu diffe-
» rire. »

Le Savetier et le Financier.

Sermons de Barelette, feriâ 6, hebdomadâ
3 quadr., édition de Lyon, 1516, fol. 109 verso.
» Exemplum in libro de septem donis, de
» quodam paupere qui manibus suis vitam
» cum filiis ducebat satis lætam. Omni manè
» cum familiâ dulciter cantabat. Vicinus qui-
» dam avarus admirans tantam consolationem,
» in domum ejus pilam auri projecit. Quâ
» inventâ cœpit tristare et plus non cantare,
» cogitans quid de auro deberet emere. Vici-
» nus interrogat quare plus non cantat. Res-
» pondit : quia habeo aliud agere. At ille :
» Verè aurum meum. Respondit : si tuum est,
» tolle in malam horam. Felix est status pau-
» peris quandò cum familiâ suâ acquirit victum
» bonâ conscientiâ. »

Voyez aussi le Courrier facétieux; Lyon,
1560, in-8°, p. 245, *d'un qui ne pouvoit
dormir ayant de l'argent.*

Le Lion, le Loup et le Renard.

Marie de France, fable du *Loup devenu
Roi.*—Gilbertus Cognatus, p. 47, *de Leone,*

Lupo et Vulpe.—Guicciardini, p. 67.—Dans
le Carpenteriana, p. 262, la fable latine de
Charles Duperrier, *Leo æger, Vulpes et Lupus.*

» Vastâ jacebat æger in silvâ leo,
» Regemque circùm sedulæ stabant feræ :
» Stabant tremendi perfidis cum tigribus,
» Aprisque pardi, præpetes equi, canes,
» Pigro que rura qui secant gradu boves.
» Aderant et illæ belluæ immanes, quibus
» Pro merce summâ candidum dentem ensecat
» Indus locuples, arduusque dat fero
» Per bello, dorso ferre fœtas milite
» Sublimè turres mole se tantâ terunt.
» Huc deniquè omnes undecumque bestiæ
» Devenerant ; postrema vulpes, quam lupus
» Sic increpare : dum dolere nos suo
» Graviter dolore, lacrymare, conqueri,
» Cunctisque cunctas abstinere gaudiis,
» Ludisque leo videret, ac nostram ipsemet
» Laudaret, ut certè merebamur, fidem,
» Palari te juvabat, ac regis tui
» Securam opima furta devehere hinc et hinc,
» Famelicamque sub tuo specu dies
» Noctesque prædis pinguibus epularier.

» Cui versipellis : parce tam malis, precor,
» Lupe, innocentem probris me lacessere.
» Plagâ è remotâ post labores plurimos,

» Certum leoni quæ levamen affero.

» Nôram probè hujus quidquid est periculi;

» Ideòque prorsùs immemor somni et dapis,

» Deserta, rura pervagabar, sic ubi

» Quidquam salubre principi nanciscerer;

» Quin ipsa saxa consulebam, ceu mihi

» Saxa illa respondere quirent, cùm meas

» Ter hæc quaterque monte rupta de cavo

» Paventes aures vox repentè percutit :

» *Callente pelle quam lupo detraxeris,*

» *Tibi fovendus est leo.* Sub hæc lupus

» Ululare, totos intremere et artus miser;

» Audiri et ingens callidæ applaudentium

» Vulpi ferarum clamor. Hanc leo ociùs

» Laudare, mox jubere conficeri quæ hæc

» Denuntiârat. Irrùunt cunctæ in lupum,

» Ultura sese prima vulpes insilit,

» Trucemque coriâ prima nudat æmulum.

» Hæc nos monebat fabula, exitum gravem

» Manere rixam qui magis cauto movet. »

Le Pouvoir des Fables.

Gilbertus Cognatus, p. 23 et 24, *de Asini umbrâ.*

L'Homme et la Puce.

Gilbertus Cognatus, p. 51, *de Morso à Pulice.*

Les Femmes et le Secret.

Gesta Romanorum cum applicationibus mo-
ralisatis ac misticis. Parisiis, Regnault, 1494,
in-8°, cap. 125, fol. 103. « Erant duo fratres,
» quorum unus laïcus, alter clericus. Laïcus
» sæpè audierat à fratre suo quod mulieres
» secretum alicujus non poterant occultare.
» Cogitabat experiri hoc cum uxore suâ dilectâ,
» cui dixit unâ nocte : carissima, secretum
» habeo tibi pandere, si certus essem quod
» nulli diceres, quia si contrarium faceres,
» confusio intolerabilis mihi esset. At illa :
» domine, noli timere : unum corpus sumus;
» bonum tuum est meum, et è converso et
» etiam malum similiter. Qui ait : cùm ad
» privata accesserem ut opus naturæ facerem,
» corvus nigerrimus à parte posteriori evolavit;
» de quo sum contristatus. Quæ ait : lætus esse
» debes quod à tantâ passione es liberatus.
» Manè verò mulier surrexit, ad domum pro-
» ximi sui ivit, et dominæ domûs dixit : o
» domina carissima, potero tibi pandere aliqua
» secreta ! Quæ ait : ita securè sicut animæ
» tuæ. Quæ dixit : mirabilis casus accidit
» marito meo. Nocte istâ accessit ad privata
» ut opus naturæ faceret, et certè duo corvi
» nigerrimi à parte posteriori evolaverunt. De

» quo multùm doleo. Et illa ad aliam vicinam
» narravit de tribus, et tèrtia de quatuor; et
» sic ultrà, quod ille diffamatus est quod se-
» xaginta corvi de eo evolassent. Ille turbatus
» de rumore, convocavit populum cui narraret
» rem gestam quomodò mulierem voluerit ex-
» periri si sciret secretum tenere. Post hoc
» moritur uxor ejus, et ille cœnobium intra-
» vit. »—Detti et fatti raccolti dal Guicciardini,
p. 143. « Voléndo Ipolito Ferrarese esperimen-
» tare quanto la moglie fusse segreta, prese
» seco la sera andando a letto un uovo. Dipoi
» innanzi di rammaricando si e mostrando si
» alterato, la moglie gli domandò la cagione;
» onde egli le disse : Costanza (tal era il suo
» nome) e mi avvenuto sta notte un miracolo,
» anzi un portento, che io volentieri ti direi se
» io fussi certo che tu non ne parlassi come
» e il costume di voi altre donne che non sa-
» pete tacer nulla. A cui la moglie adirata
» rispose : voi non mi conoscete bene se voi
» pensate ch'io sia della natura delle altre; io
» vorrei piu tosto morire che ridire quel che
» voi mi dicesti in secreto. E volendo giurare,
» il marito nol permesse, et mostrando di
» haver le fede, disse : sappi, consorte mia
» carissima, ch'io ho fatto sta notte quest'uovo,
» e non posso pensare quel che si fatto caso

» si voglia significare. Ma guarda, ben mio;
» se tu mi ami, che non ti uscisse di bocca,
» perche tu puoi pensare che dishonore mi
» sarebbe se si dicesse che d'huomo io fussi
» diventato una gallina. La Costanza leggieri
» parendo le mille anni che si facesse giorno,
» si levò poscia a l'alba; e subito trovata la
» comare, senza pensar piu oltre, le disse:
» un miracolo, comare; ma ci non bisogna
» di niente, perche ci sarebbe di troppo in-
» carico. Il mio marito ha partorito sta notte
» due uva. La comare poco piu la disse a un
» altra comaretta di quatro. Che piu parole?
» Davanti chel sole andasse sotto, si divulgò
» per tutta la citta che quell'huomo haveva
» fatto cente uova. »

La Fontaine a pris dans cette fable ce trait
si plaisant :

> » Gardez bien de le dire;
> » On m'appellerait poule. »

*Ma guarda, ben mio, se tu mi ami, che
non ti uscisse di bocca, perche tu puoi pensare
che dishonore mi sarebbe se si dicesse che
d'huomo io fussi diventato una gallina.*

*Le Chien qui porte à son cou le diner de
son Maitre.*

Les Etudes sur La Fontaine, partie 2, p.

59, renvoient pour trouver l'original de cette fable, à *Regnier*, 1ᵉ *partie*, *fable* 17. Cette indication a besoin d'être plus détaillée : il ne s'agit pas de Regnier, fameux poëte satirique, mais de Jacques Regnier, médecin à Beaune, auteur des *Apologi Phœdrii ex ludicris J. Regnerii Belnensis*, *doct. medici. Divione*, *Palliot*, 1643, in-12, petit volume que nous avons déjà cité. Ce recueil de fables en vers latins est fort rare ; il est divisé en deux parties contenant cent fables, et on lit à la fin : *hic cœstus artemque repono* ; de sorte que ces apologues peu connus seraient le seul ou du moins le dernier ouvrage de Regnier.

      » *Coqui Canis et alii Canes.*

» Coqui molossus doctus ex ætatulâ
» Ut factitaret per dies hoc singulos :
» Arctè canistrum dentibus prehensum ferens,
» Hoc solo onustus ibat in carnarium,
» Sistebat et se cernuum lanio. Hunc videns
» Lanius, sciensque quod sibi vellet canis,
» Coquum inter et se cùm raptum id pacto foret,
» Cistæ ingerebat quod cupitum noverat.
» Canis fideli dum cibos curâ domum
» Transfert, sodales obvios factos, eum
» Spoliare aventes credito, audacter sonans
» Naris caninæ litteram, et dentes parans,

» Cùm dissipasset sæpè, tandem illum accidit
» Habere vires impares injuriæ :
» Et cùm videret cæteris carnes heri
» Prædæ esse, socium criminis se ultrò addidit,
» Partemque in alvum carnium ingessit suam.

» Defensor acer antè qui fuerat rei,
» Corrumpit illam per malum exemplum fidem.»

Le Rieur et les Poissons.

6me Sérée de Bouchet, p. 210. — Facétieuses Journées, par Gabriel Chapuis, 5me Journée, nouvelle 9.—La Lecture divertissante , p. 37, *Plaisanterie d'un Bouffon et des Poissons.* — La Floresta Spagnuola, ou le plaisant Bocage, contenant plusieurs Comptes, Gosseries, Brocards, Cassades et graves Sentences de Personnes de tous estats. Lyon , Didier, 1600, in-12 , p. 282.—Domenichi, p. 81.—L'Arcadia in Brenta, p. 355. — Scelta di facezie del Piov. Arlotto : Venetia, 1594, fol. 55.

L'Ours et l'Amateur des Jardins.

Straparole , nuit 13, fable 3.

L'Horoscope.

» Même précaution nuisit au Poëte Eschyle. »
Gilbertus Cognatus, p. 66, *de Caprea, Puella viatore, Lepore et Puero.*

Le Chat et le Rat.

Filosofia morale del Doni, fol. 143. — Malespini, lib. 2, novella 91; *Discorso gustevole di un Topo ed un Gattone salvatico.*

Le Loup et le Chasseur.

Filosofia morale del Doni, fol. 109.

LIVRE IX.

Le Dépositaire infidèle.

Filosofia morale del Doni, fol, 75.

Le Singe et le Léopard.

Gilbertus Cognatus, pag. 8, *de Vulpe et Pardali.* — Guicciardini, p. 152.

Le Statuaire et la Statue de Jupiter.

Avianus, fab. 23.

La Souris métamorphosée en Fille.

Sermones latini Jacobi de Lenda; Paris, 1501, in-4°, fol. 41, col. 2 et 3. « Erat here-
» mita qui habebat quod quærebat à Deo : et
» venit mus et fuit captus à quâdam ave. Tunc
» heremita quandò avis tenens murem aderat,
» ipse accepit murem, et dixit : ego rogo ut
» sis mulier. Et immediatè mus effectus est
» mulier et voluit maritari. Et dixit mulier :
» ego nolo homines de parlamento, sed volo
» habere illum qui est magis fortis. Et tunc
» cogitavit

» cogitavit heremita quis hic esset, et cogi-
» tavit quod esset sol. Et venit ad solem et
» dicit ei : oportet quod habeas filiam meam,
» quia tu es fortior omnium. Et dixit sol : ego
» non sum fortior omnium, quia quando nubes
» veniunt, amitto vim. Et tunc venit ad nubes
» et rogavit ut acciperent filiam suam. Tunc
» dixerunt nubes quod non erant fortiores,
» quia quando ventus veniebat, ipse projecit
» nos longè. Tunc venit ad ventum, et dicit
» ei quod oportet quod habeat filiam suam.
» Et ventus dicit ei quod non erat fortior,
» sed quod erat unum castrum fortius eo.
» Post venit ad castrum, et castrum dicit quod
» non erat fortius ; sed erat mus qui erat for-
» tior, quia perforabat castrum. Tunc venit
» ad murem, et dixit mus : ex quod sum
» parvus, ipsa verò magna, ego nolo. Et he-
» remita dixit : ipsa fuit aliàs ita parva sicut
» tu, et aliàs fuit mus sicut tu. Dicit mus : si
» esset sicut ego sum, ego benè vellem. Tunc
» heremita rogavit ut illa mulier iterùm de-
» veniret mus : et mus cepit illam. »

Voyez aussi la filosofia morale del Doni,
fol. 129.

Le Fou qui vend la Sagesse.

Democritus ridens, p. 267. — Facetie del
Domenichi, p. 269.

4

L'Huitre et les Plaideurs.

La Fontaine peut avoir pris l'idée de cette
fable dans les *Apologi Phœdrii J. Regnerii*,
part. 1, fable 21, *Viverra, Vulpes, Leo et
Lupus*. Dans cette dernière, le procès a lieu
pour une oie qu'un renard et un furet se dis-
putent après l'avoir prise dans la basse-cour
d'un paysan. Le lion commet le loup pour juge.
Celui-ci se couvre, en guise de robe, d'une
peau de brebis, monte sur le tribunal, fait
mettre sur le bureau le corps du délit ; puis
il déclare le furet coupable de vol pour avoir
dérobé l'oie au villageois, et le renard complice
du larcin ; crime qui mériterait la potence.
Mais voulant user d'indulgence autant que de
justice, il se contente d'appliquer la loi qui ne
veut pas que les voleurs profitent de ce qu'ils
ont dérobé, et il confisque l'oie.

» Eadem ut porrò lex jubet ne sontibus
» Fructus ferantur criminum ; quare anser est
» Fisci, et manebit in meâ custodiâ.
» Dimissa sic est concio. Lupus abstulit
» Prædam reorum quam sibi fecit cibum.

» Pœnæ in periclum se ferunt qui litigant
» Fures, et illis præda sæpè tollitur. »

Jupiter et le Passager.

Promptuarium exemplorum, p. 201, à la

suite des Sermones discipuli , volume in-folio ,
gothique, sans date et sans nom de ville ni
d'imprimeur. « Rusticus quidam cùm duceret
» vaccam et vitulum ad montem sancti Miche-
» lis, qui de periculo maris timens , quare
» quandò viam attigit et fluctus eum invasit,
» exclamans dixit : o sancte Michael , adjuva
» me, et libera me, et dabo tibi vaccam et
» vitulum. Et sic liberatus dixit : benè fatuus
» erat sanctus Michael qui credebat quod da-
» rem sibi vaccam meam et vitulum meum.
» Et iterùm fluctus eum invasit, et iterùm
» exclamavit et dixit : o beate Michael, adjuva
» me et libera me, et dabo tibi vaccam et vi-
» tulum. Et sic liberatus iterùm dixit : o sancte
» Michael , nec vaccam, nec vitulum habebis.
» Cùm autem sic quasi securus incederet , ecce
» iterùm fluctus involvens eum et suffocans
» eum , et vaccam et vitulum cum eo suffo-
» cavit. »

Ch. 41 , sous le mot Votum.

Le Promptuarium exemplorum est un recueil
de contes dévots , par ordre alphabétique.

Le Chat et le Renard.

Gilbertus Cognatus , p. 97, *de Vulpe et Fele.*

Le Mari , la Femme et le Voleur.

Filosofia morale del Doni, fol. 125.—Sermons

latins de Jacques de Lenda, fol. 74, col. 3.

» Erat vir antiquus et mulier juvenis simul
» uxorati, et unus non curabat de alio. Vir
» dixit mulieri suæ : faciatis mihi bonum vul-
» tum. Tunc mulier dixit : quid diaboli faciam
» vobis? et irascebatur. Tunc dixit ei vir : ego
» dabo vobis unam pulchram zonam. Ego,
» inquit illa, pecuniæ satis habeo. Iste vir non
» poterat gaudere de muliere suâ nec in lecto,
» nec alibi, nisi cum difficultate. Tunc ille
» venit ad vicinum suum et narravit ei omnia.
» Tunc dixit vicinus : si velis mihi dare unum
» scutum, ego faciam quod quando tu eris
» in lecto, mulier tua non dimittet te, sed
» amplexabitur te et diliget te multùm. Imme-
» diatè ille dedit sibi unum scutum. Dixit vi-
» cinus : dimitte mihi ostium apertum, et ego
» de nocte intrabo ad lectum tuum, et fac
» bonam minam. Quod fuit factum. De nocte
» ille venit ad lectum alterius, et cepit stramen
» lecti, et fecit timorem mulieri, et dicebat
» ille : *occide mulierem, occide mulierem.*
» Immediatè illa mulier cepit virum suum itâ
» fortiter ut non poterat eum dimittere. Tunc
» vir ejus dixit : nunc ego faciam de te meum
» placitum postquàm ego teneo te. »

Le Trésor et les deux Hommes.

Gilbertus Cognatus, p. 62, *de Paupere et*

(53)

Divite. — Gli Hecatommiti di Giraldi Cinthio ; dec. 9, nov. 8.—Guicciardini, p. 5.—L'Arcadia in Brenta, p. 31.

Le Singe et le Chat.

8ᵐᵉ Sérée de Guillaume Bouchet, p. 303.

Le Milan et le Rossignol.

Gilbertus Cognatus, p. 31, *de Accipitre et Luscinia.*

Le Berger et son Troupeau.

Guicciardini, p. 159.

LIVRE X.

La Tortue et les deux Canards.

Filosofia morale del Doni, fol. 62. — Gilbertus Cognatus, p. 36, *de Testudine et Aquila.*

L'Enfouisseur et son Compère.

15ᵐᵉ sérée de Bouchet, p. 100.—Sacchetti, novella 198.—Facezie del Piov. Arlotto, fol. 65. — Guicciardini, p. 35. — L'Arcadia in Brenta, p. 30.—Democritus ridens, p. 79.

Les Poissons et le Berger qui joue de la Flûte.

Gilbertus Cognatus, p. 34, *de Tibicine frustrà Pisces cantilenis invitante.*

Les deux Perroquets, le Roi et son Fils.

Filosofia morale del Doni, fol. 145.

La Lionne et l'Ours.

Filosofia morale del Doni, fol. 156.

Le Marchand, le Gentilhomme, le Pâtre et le Fils de Roi.

Filosofia morale del Doni, fol. 161.

LIVRE XI.
Le Loup et le Renard.

Le Castoiement d'un père à son fils ; Paris, 1768, in-8°, p. 126.

Le Paysan du Danube.

Guevara, Horloge des Princes, traduit du castillan en français, par R. B. de Grise : Lyon, 1575, liv. 3, chap. 3, p. 386. — Cassandre, Parallèles historiques ; 1680, in-12, p. 433-470.

Le Vieillard et les trois Jeunes Hommes.

Cette pensée si touchante ,

» Mes arrières-neveux me devront cet ombrage,

Peut être une imitation de ce vers de Virgile,

» Insere, Daphni, piros ; carpent tua poma nepotes. »

LIVRE XII.
Le Thésauriseur et le Singe.

Tristan l'Hermite, *le Page disgracié*, 2ᵉ partie, chap. xli ; Paris, 1667, in-12.

» On nourrissoit en nostre maison un grand

» singe, qui n'avoit pas plus de douze ou
» quatorze ans, mais qui estoit malicieux pour
» son âge. . . . .
» Ce singe qu'on appelloit maistre Robert,
» alloit souvent se mettre en guet dans la
» salle des gardes du prince, lorsqu'il y voyoit
» jouer aux dez, pour ramasser subtilement
» l'argent qui tomboit quelquefois à terre, et
» s'enfuir au cabaret : car il estoit fort grand
» yvrogne. Et comme cela ne luy reussissoit
» pas souvent, il cherchoit par tout d'autres
» moyens pour avoir de quoy boire. Il s'offrit
» un jour une belle occasion pour cet effet :
» le prince estoit allé en une certaine expé-
» dition, accompagné de beaucoup de gens
» de guerre ; il s'arresta dans une petite ville
» pour faire faire montre à son armée, et
» maistre Robert qui suivait par tout monté
» sur un des chariots de bagage, descendit où
» l'on avoit marqué les offices du général, et
» par malheur ce fust fort près de la maison
» que prist le payeur des gens d'armes. Ce
» méchant animal qui ne cherchoit que de
» pouvoir aller s'enyvrer, entendit bientost que
» l'on comptoit de l'argent chez ce thrésorier,
» et se présenta deux ou trois fois à la porte,
» pour essayer d'y faire quelque rafle et de
» s'enfuir ; mais on lui ferma tousiours l'huys

» au nez; enfin le payeur et son commis estant
» sortis pour quelqu'affaire, après avoir bien
» fermé les portes de leur logis, maistre Ro-
» bert prit fort bien son temps, et montant
» par un degré qui estoit aux offices, jusques
» sur les tuilles de la maison, trouva l'in-
» vention de descendre dans la chambre du
» payeur, dont les fenêtres avaient esté lais-
» sées ouvertes. La première chose qu'il fit,
» ce fut de remplir ses bouges de pistoles
» qu'il trouva estalées sur la table, comme
» cela parut après, et s'estant muny de ce
» dont il s'imaginoit avoir besoin pour trafi-
» quer au cabaret, il prit un sac de pièces
» d'or, et montant sur la couverture de la
» maison, se mit à les jetter à poignées. Au
» commencement ce n'était que pour avoir le
» plaisir de les voir tomber, et faire bruit sur
» le pavé; mais ensuite ce fut pour avoir le
» divertissement de voir tout le monde se
» battre à qui en aurait. Cela le fit rentrer
» dans la chambre, pour aller querir d'autres
» sacs quand celui-là fut vuidé, et le nombre
» fut si grand des personnes qui se pressèrent
» pour arriver à l'endroit où maistre Robert
» faisait largesse, qu'on ne pouvait plus entrer
» dans la rue. Tellement que le payeur tout
» transi de douleur et son commis fondant en

» larmes, ne purent approcher de leur maison,
» et furent de loin spectateurs du désastre,
» sans pouvoir jamais y donner ordre. »

La Chauve-Souris, le Buisson et le Canard.

Gilbertus Cognatus, p. 45, *de Vespertilione,*
Mergo et Rubo.

L'Ecrevisse et sa Fille.

Gucciardini, p. 13.—La Narquoise Justine;
Paris, Bilaine, 1636, in-8°, p. 118.

Le Renard, les Mouches et le Hérisson.

La Floresta Spagnuola; Lyon, Didier, 1600,
in-12, p. 231. — Gilbertus Cognatus, p. 26,
de Herinaccio qui voluit Vulpi muscarum ve-
nator esse.

Le Corbeau, la Gazelle, la Tortue et le Rat.

Filosofia morale del Doni, fol. 113.

Le Renard, le Loup et le Cheval.

Carlo Gualteruzzi, cento novelle antiche,
nov. 92, in Firenze, 1572, in-4°. « *Qui conta*
» *della Volpe e del Mulo. La Volpe andando*
» *per un bosco si trovò un mulo, e non havea*
» *mai piu veduti : hebbe gran paura, e cosi*
» *fuggendo trovò il Lupo, disse gli come havea*
» *trovato una novissima bestia, e non sapea*
» *suo nome. Il Lupo disse andiam vi : ben*
» *mi piace : ed incontinente furo giunti a lui.*

» Al Lupo parve piu nuovo che altre si non
» havea mai veduto. La Volpe li domandò
» di suo nome. Il mulo rispose : certo io non
» l'ho bene a mente , ma se tu sai leggere, io
» l'ho scritto nel pie diritto di dietro. La Volpe
» rispose : Lassa ch'io non so niente che lo
» saprei molto volentieri. Rispose il Lupo :
» lascia fare a me , che molto lo so ben fare.
» Il mulo si li mostrò il pie diritto di sotto che
» li chiovi pareano lettere. Disse il Lupo : io
» non le veggio bene. Rispose il mulo : fa ti
» più presso che le sono minute. Il Lupo gli
» credette et ficossegli sotto, e guardava fiso.
» Il mulo trasse e die li un calcio nel capo
» tale che l'avise. Alhora la volpe se n'andò
» e disse : ogni huomo che sa lettera non e
» savio. »

Le Philosophe Scythe.

Gilbertus Cognatus, p. 85, *de Thracio quodam indocto rustico qui cum rubis fructiferas
arbores præcidit.*

Daphnis et Alcimadure.

Gilbertus Cognatus, p. 92, *Amator non
redamatus.*

F I N.

www.ingramcontent.com/pod-product-compliance
Lightning Source LLC
Chambersburg PA
CBHW061651180626
46818CB00003B/1051